Ⅰ　二〇〇一年~二〇〇八年

花曇り雲の移ろう時の間を臥して仰げり窓枠の中

讃岐より越し来たる滋賀の新聞に祭りの記事の多く夏立つ

幾重にも重なる雲よ幾重にも重なる我のこころのごとく

早々と秋が見たくて旅に出る18切符の期限迫る頃

猫の仔の遊び疲れて眠るごと女子大生眠るバスに肩寄せて

駆けつけて風邪の見舞いに昼餉食う二人暮らさな共に暮らさな

積ん読の本照らされて秋の朝大学院の授業始まる

雨の日の琵琶湖を巡る如月のわが憂鬱もまた捨て難し

忙中閑春宵一刻平凡な人生の如しさに非ざる如し

いつまでをいきてあらむかかくばかりかなしきまでにめぐみあふるる

美しきもの美しと叙べる詩を集めて一冊の本を編む夢

録さるる文なく過ぎしわが母の一生女の一生尊し

海岸も書籍もあると定型を飛びだす心定型に彫る

ふかく昏い海を抱《いだ》きて他人《ひと》の中決して分かちあえない海よ

朝寝より覚めてややあり馬車馬の如く学びて来しが可笑《おか》しき

携帯がつながらざればこんなにも孤独かくまで青い夏空

湖《うみ》と陸とはともに暮れなむ浜をゆく我にはともなわぬ獣《けだもの》すらも

雪の日に喫《の》みし濃く深き珈琲を尋ねて来れば店閉じいたり

我が学舎日暮れて誰かが郵便を投函したる音のみ響く

淋しきは野球終わりて相撲さえ無くて雨ふる秋の夕闇

私《わたし》の中に私《わたし》の抱《いだ》く空がある誰にも入《はい》ることのできぬ青

あなたと読んだ絵本の挿絵の狐の毛柔らかだったたと思うしぐれに

人々がぶつかる冬のラグビー美《は》し戦争はさに非ず何故《なにゆえ》

遠浅の浜に遊びし淋しさよ歩めば海は胸より高し

新年の雑踏の中まず我が幸福になるより他《ほか》になき世《よ》

影が眼に入《はい》らぬ頃も人生にはありなむ春の美しきひざし

地球が泣く地球が笑うわたくしを離れてそれは自転している

目を覚まし伸びするここは天国でも地獄でもなし働きに出る

美しいこの星の国の遠浅の浜辺に立てば寄せかえす波

ゆけ犀の如くに釈迦の言葉のみ励ましくれる雑踏の中

舗石に日の斑の葉影激しくも揺れつつ永遠の現在告げる

珈琲と読書に耽り狩人のごとく息づき戻る夜の更け

星星を編んで星座を成すごとく素数の概念われに語りき

池水に桜花の枝映り朧なる花と水との境界がある

海は海に還れ僕は僕に還る波打ち際より夜が始まる

こがらしの町に佇む空っぽの自分のなかで荒ぶ音する

めぐりゆく今宵の池の水面月不動静寂波さえ立たず

万国へ旅をせよとや秋風に棚のチラシがしきりはためく

青空に象嵌されし枯木立影濃く写し池の波立つ

停車場に列車停まりてひとひらの花びら空に舞うを愛しむ

白木蓮牡丹芍薬つぎつぎとひらきたれども君は在《いま》さず

越えゆかむ越えゆかむとしつつ届かざる葉は旨寝《うまい》せり白壁のうえ

柳井

一頻り朝の樹に来て蟬鳴けりひともとひともと哀れなりけり

防府駅

別世界のぞかむとして女神のもつ手鏡見れば映るわが顔

海からの風絶え間なし幼らの墓石まるみ帯びてゆくなり

櫛ケ浜駅

背を折りて一心不乱ケイタイにみいる少年すでに風白し

山なかの仏おさなし秋風が無縁仏にちかづけてゆく

対岸に静かな秋の家ありて歩けば辿りつくと気づけり

なにもかも無駄かも知らず金木犀しきりに香る日曜の朝

飛行機雲一刷毛《ひとはけ》冬の空にあり今日ささやかな仕事終えたり

　新山口駅

パン籠のパン片付けてゆく家族四人弦楽四重奏のごとく

おぼろなる餃子のごとき月のあり睦月一月夜空《むつきいちげつ》の蒼し

　京都

雪降れる都は貧もゆかしかり踏みしめし靴色褪せにけり

風のまま傾く太き煙あり絶えざることの羨《とも》しかりけり

うらうらとペットボトルに三月の光かがやきかなしかりけり

リニューアルばかりの町に帰省して泣くが嫌さに笑い候

病む母の言葉によもやそむくまじ春の岩礁満潮《みちしお》くだく

森羅万象ほぐれゆけども頑ななこの一木《いちぼく》に冬のとどまる

日菜子日菜子菜の花過ぎて若葉風すやすや眠れ旨寝《うまい》せよとて

ベランダより朝の防府を見ることなし昼夜わかたず働きおれば

列車止まるたびに目覚めて目覚めたるたびに君住む街にちかづく

心血をそそぎて読みき「ライ麦畑」鞄《かばん》の隅で今朝を励ます

内灘の浜に遊びて夏愉し家出でしおんなののちを思わず

硝子窓の向こうで朝日浴びながらアルミの鍋が告げている今日

今朝の夢と似た夢をみて映像の源《みなもと》に目を凝らす夕列車

文月の冷房の部屋に思うかな龍之介またゴッホの自殺

撃鉄の引かれし銃の冷たきを額におぼえつ今日も働けり

舗道《いしみち》に木の葉の影のゆれやまず木を離るなくなお揺れやまぬ

金星がコンビナートの豆球と競いはじめり秋立つ夕べ

Ⅱ　二〇一九年～二〇二三年

あなたから遠くへだたる肉眼で紺のコートにふる雪惜しむ

人間の声が聴きたい苛立ちが募る電車の秋の長雨

質問すれば傷つけるから問うことなく旅を続けるこの俺は偉い

さよならをいわせぬために口づけし唇強く拭うナプキン

篠島へ渡るデッキに両腕を組んだ武尊の耳に鳴る風

喜怒哀楽抜きの孤独は紺色の珠に歪んで映る果樹園

夢枕に立てと願って実際に立たれて人ではないと気がつく
蛇一匹雪に埋もれて凍りつき木の根の如くなるを取りだす
手鏡に映した顔が空の隅今でも残っている気がするの
もし何もなければ何もなかったと伝えるべきか夏草の風
おかしいな変だ変だと思いながら首傾げゆく死刑台まで
ああ父よ時雨の港僕たちに似合う小簑があるのでしょうか
たとえばと語る話に血が滲みだしたら探る話し手の過去

片足を引きずる鶏の逞しく時雨に歩く庭の明るさ

手帳には記せぬこともっともな事情があって雪ふる運河

団欒から取り残された犬小屋で週末夜の時雨聴きしか

捨てられた眼鏡をかける勇気なくそのまま過ぎる冬の梅林

夏休み終わりに読んだ短編の末尾の句点のような眼鏡

万物の尺度を測る万物の尺度おたがい役には立たぬ

握り締める遺灰はやがて潮風に散る定めなる我は海の子

教室に天使の透った跡があるかすかに濡れて涙に近い
帰宅して毎晩毎晩洗濯機回す手応えベランダの風
ライバルと呼ぶには遠いあまりにも遠い背中を見て走る二位
そこだけがシチューを煮てでもいるような窓の灯点る夕霧の奥
職場から職場を渡る点々とつなげば切なく光る星座か
夕景に小石を投げて浅野川水面が割れる部屋に帰らん
歌うことなき近隣の夕暮の悪しき饒舌、沈黙よ勝て

もう夏を越えた波打ち際の絵を描いて私を証明しよう

その先の疑問はテープ切ってから今日もひたすら磨くスパイク

人称をもたぬ世界の表情をきみは読みとるひまわり畑

負けるはずなかった試合終り我がみおろす夏の砂のむなしさ

友達を案じてコロナの海を渡る瀬戸大橋の湾曲ぞ良し

何事に挑んだ顔かさびしげにマクドナルドでコーヒーを飲む

人類の悪をもっともよく避ける方法なのか猫の昼寝は

ふるくごつい中古のソファを琵琶湖畔ひっぱりだして夏を眺める

本当は別れるはずの人々と熱い鯛焼き食べる日没

冗談で追いかけだして砂浜の砂の重さに息を切らした

病室になった書斎にFMをながし声だけ好きになる日々

眠りには眠りの辛さ目覚めには目覚めの辛さ町は日盛り

踏み台にされて幸い深々と思う夜更けの猫ありがとう

雪が降れば雪が降ったと書きなさいそうして泣いたと呟《つぶや》きなさい

利き腕の違う相手と投げ合ってキャッチボールは人生に似る

まなじりを決し意志して戻りゆく群れは輝く虹の七色

ベイブリッジ入道雲の真下まで一直線にくだる庭まで

この人に弁当作ってもらったと時々老いた母を眺める

本当に歌いたいのは恋歌《こいうた》だ酒飲む獣を見下ろす丘に

悦《よろこ》びに帽子を投げる人もいて空の片隅向日葵の咲く

泣くことはないが夜中に蟹缶《かにかん》を開けて貪り食う台所

もう一度カモメに餌を投げたいね清水《しみず》港《こう》沖《おき》マフラー巻いて

純粋を気取るなかれと哲学を説かれていると思うカレーに

国境の民族集めユーラシアカラオケ大会開く夢あり

休日の昼間に酔ってなにもかもごまかすぼくを知らないでいい

血族《ひとびと》の手に運ばれる父親の棺を焼かんこの親指で

かきまわす魔女の厨《くりや》のテーブルに置かれたゲーテ自筆のレシピ

空腹がまったく似合う男です彼女が来なくなった川岸

落葉焚《た》く白い煙の立ちのぼり消えゆくはてにあるきみの家

まだ宵の口の喫茶にゆらゆらとイカ釣り漁船の火影がゆれる

学校を一生出られないことも運命なのかと笑う教員

東北の夜の足湯にはじめてのお礼を聴いてうつむいちゃった

コンビニを出てホテルまで歩きゆく狩人に似た夜の靴音

届かない思いを言葉に換えてゆく過程を波の如《ごと》く愛する

もう何も待たなくていい草原の大きくゆれる青き内在

いま地球半分白い布になり大きく春の風を受けてる

その死後にかくもゆっくり庭芝にちりゆく花の語らいをせず

くらげくらげ海に染まって自分さえみわけがつかないことは悲しい

ゆらゆらとゆれてくるりと舞い終わり膝を崩して泣く人形は

何が見えるわけでもないが信号待ち晴れかけていく空を仰いだ

ぼろぼろになった夜更けの顔映すガラスになにかいってやりたい

営業に失敗したら握手する癖ある若い男の力

狩人《かりうど》のように書棚のあちこちに店員潜む白雨《はくう》の街は

「疑いつつ信じ続ける」肩落とす電車に隣り合わせた客に

嘘《うそ》ばかり言う子が口をつねられてゆがむ形になったギョーザが

冬空の風に吹かれている凧《たこ》が実は僕だと思っています

おわりから数えて今は何ができる机に向かう午前の光り

夏畑にわずかに白き煙のぼり燃え尽くさんとするもの何か

一人旅の男好まし各駅の停車に正しき姿勢くずさず

ゆきがかりのびたうどんを強いられて食わねばならぬ情けなさに似る

かさぶたを上手にはがすように下車してゆっくりとマスクを外す

その鋭い目さえ明るい将来の予兆のような女子高生よ

横たわり仰ぐ入道雲は今剝いたばかりのゆで卵色

葬式に出かける前に友人のように父娘《おやこ》が指相撲する

帆を畳み潮の流れに逆らわず漂う如き夏の初老は

北陸の町の真中に雪の日に地下に向かいてくだる階あり

おそらくは我と来たりぬ電車まで畳む傘には小さきかたつむり

影のみの過ぎる駅前広告の幟寂しく翻る町

沖合のヤコブの梯子眺め飽き人の言葉を忘れて帰る

聖パウロのたまう如く悪人の上にも今宵名月は照る

大丈夫まだ日は高い能登めざし汗滴らせ歩む楽しさ

愛というわからぬものを胸にしまいおのれ燃え行く秋の山中

給料を口座確認する時に隅々にまで血の通い行く

酒飲みが酒飲みたしというように寄り行く秋の特急列車

早々と夏を終りし蝉はその脚ふるわせて壁のぼり行く

庭に来て腹痛おさまり行くごとく思う離婚にいたる過程を

静岡の雨のふりかたを僕は好む自分を更新してくれるようで

いろいろの形に見える雲だけが保障している何かの自由

ぶつかった蝉の意外な重たさを受けて裏から出る夜の道

半島を見てきた顔で冬風にふりむく鷲の硬き嘴《くちばし》

掌のスマホを卵のようにしまう女子高生のスカートポケット

すれ違う犬は私をチラと見て仲間とわかり過ぎ去ってゆく

つきあいをもたず寝転びふる里の休みの雲を仰ぐ楽しさ

寝過ごして電車一本遅れたら全く別の世界広がる

渡りゆくみな押し黙る雨の日の民主主義的横断歩道

冬晴れの砂丘一気に駆けのぼる犬が蹴散らす砂の翳りを

突き飛ばす君の正しさ驚いた僕の間抜けさ別れの前に

廃船に赤旗一つちぎれかけ粉になるまではためく港

文語から口語に移り何もかも変わってしまう入道雲も

おたがいに口にしないが休み明け列車に思う生きていたのか

プラスマイナスゼロにならない人間のゼロにはなぜかならぬ憎しみ

プラスマイナスゼロに至らぬ不愉快の積もり積もりて戻り梅雨雲

もう少し広い世界に合格をするため今はこの門潜る

雨の朝スケッチしたら面白い言葉が社会の空気を吸って

幸せな過去が包丁いれるとき蘇り来る秋の果実に

止まり木に移るがごとく飛び乗った女子高生は朝の小鳥だ

女子高生アスパラガスの如く立ち夕べの空を懐かしくする

侵攻のあとに握りし手のひらのパンがはっきり細る悲しさ

人生を逆さにしたら砂時計やらねばならぬ色々のこと

中庭をゴッホが省略したように人が過ぎ去る遠近法で

頂きに熱き海風さかしまにぶつかりてくる鳥取砂丘

冬銀河唸りをあげて引力に挑み続ける大き湾曲

離婚した日付がいつも空白のようでつらいなこのカレンダー

シェーヴァーの電池を替えて暗がりに秋になったと思う朝焼け

完全な平凡ゆえに種を超えてどこか概念的な父の死

狸小路ライブカメラを視聴する約百人の秋の夕暮

この雨を僕は愛する助手席にもたれて眠る匂う夏草

ゆれる陽に豊かなるもの雨あがりポプラの樹樹の独立自尊

仮眠からさめる小さなあくびしてようやくヒトにもどる席上
『旅の重さ』つぶやきながら六人でたこ焼きを焼く夏の盛りに
こっそりと脱皮している野良猫の音がしている秋のあら草
これからはなにしてやるかというように股を広げて休む農夫は
画用紙に残るかすかなクレヨンの一刷毛みたいな夏の痕跡
芥子粒のように見えなくなる鳥の空の奥処にいまだうごめく
額づいて嘆く僧侶にいささかのかかわりもなく雨後の虹立つ

今死んでいいほど熱い頂きに明るくぼくを煽る海風

三十年経っても恋に解はないそのまま旅が続く夏雲

辛いもの食べたいからとマヨネーズそのまま舐める秋の曇天

川底の泥をかき混ぜ秋の日にのたうち進む鰡の愛しさ

点一つどうしてここに添えられているのか語りあえば良かった

旅先にうどんを入れた紙カップぶちまけて聴く夜のこおろぎ

いくらでも向日葵咲いて風吹いてお辞儀している伯母の葬式

下船した神戸の夜の雑踏に引き揚げ船の幻浮かぶ

仕事場に向かう路上をいささかの悪意も持たず歩む幸い

真っ暗な部屋に来るまで黙ってたきみのメールが光る「おかえり」

冬波が寄せ来るだけのＹｏｕＴｕｂｅ眺めて納豆かき混ぜる朝

お遍路を何回したかわからない旅人背負う雨に立つ虹

どの人も覚悟を決めた顔をして乗り来る夜の満員電車

佐渡島雨をたたえて曇天に包まれている君に会いたい

参考書こまかな付箋七色が夏の終わりを告げようとする

自らを無視してかかる必要が生じる朝の満員電車

自販機にやや間があって珈琲のお釣りまとめて一個に落とす

自分で見たいものは自分で見るだから映画を見ない諦めていない

乗客も安らぐ彼ら自身にはおりゆく穴があるらしい夜

昼近し風に揉まれる樹のうねり僕は与える歓びの名を

父親とドライブに出る途中から必ず口角泡を飛ばして

ゆっくりと詠めばいいのに平がなで書けばいいのに夏の恋文

平衡を取らねばならぬ切なさをノートに記す恋にあらねば

平成のまとめのように夏雲は浴衣姿のあなたを包む

平成の三十年をまとめることは僕にはできない恋のいくつか

それぞれがワーズワースを胸に秘め青空のもと仰ぐ薔薇垣

一仕事終えて駅へと急ぎゆく気のせいなのか雨が明るい

怒りしが他人に言わず何事もなく過ぎた日をありがたく思う

自らに弱いところを見せたくなくあえて座らぬ優先座席

夕暮れのフードコートにくたびれて手帳開けば君の髪の毛

ごろごろと人の話がころがって心楽しむ海沿いのバス

この人と一緒にいてあげようかなと犬のふり向く道の慰め

柔らかな朝陽が照らす後頭部その可愛さをきみは知らない

牛乳とコロッケ旨い夏山は下界へだてる一千《いっせん》メートル

駅前のポストに投函したあとの手応え白き雪のただなか

女子高生白いうなじをうつむけて雨の朝書く文字の細かさ

昼寝より覚めて白々した冬の日輪仰ぎ撫でるあご髭

天上へ至る梯子を電線の鳥がきょろきょろ探す早春

朝小舟沖へいでゆき水脈残すごとくわけゆくこの初安打

刈塩の田に滑りゆく鳥ありてやがておちあう自らの影

昔より心に穴が開いていてもてあましたる故郷《ふるさと》の風

曇天を乗り継ぎついに人に会わぬ国東半島の蟹の赤さよ

言いたいだけ言って頼りにならぬもの世間を君の顔に見たりき

赤き陽に光り輝き垂直に庭に下り来る鳥を喜ぶ

人生は力任せと言わんばかりうどんのような雨の降る水戸

昨日今日同じ背中を遥々とみせて草刈るらしき白シャツ

一生は棒にふっても一日は大事にしろと北杜夫言う

地下鉄の階段くだり会いに行くスマホに撮ればわが影深し

ふと怖くなるこのスマホ電源がどこから来るか考えだして

欧米に立ち向かうべく竹やりを握る子孫の手の扇風機

傘さして静かに歩く雨の朝こどもは黄色いカタツムリです

離婚理由思い出せるが結婚の理由わからず蝉鳴きしきる

雨脚を狙い三脚立てる記者すでに濡れたる髪を厭わず

ここがおまえのいるべき場所だ音もなくふりくる雪を丹後に仰ぐ

白鷺が朝の田に立つこのように打つべきなのだ句読点とは

誰のために死ぬこともない淋しさを囲む山にはふる雨の音

みずからと家族のために力尽き父は死んだのだと雨の音
セザンヌの描きかけの絵のような日が続いてしまう牢は明るし
終点の駅に近づき旅女子は猫の背伸びに似た伸びをする
ぱったりと当たり止まったパチンコのような午後にも蝉鳴きしきる
くっつかず離れもせずに完璧な和音は実は単純なんだ
褒められたところはもっと磨くというそこは世界ときみの接点
それこそが夏の絵である女子高生木々を抜け来る画布を抱えて

女子高生ポニーテールを目を閉じたまま整える文具のように

魂は灯っているとみぞれふる夜にタクシー待ってわかった

小説を朝ていねいに読むように電車の客を見渡してみる

何しても成果が出ないかき鳴らすだけのギターのような十代

自意識は小鳥に近く差し出される朝の食事をまっすぐ信じる

雨あがり迫る夕べの土を踏む農夫の脚は熱く昂る

言う側と言われる側の間には夏のおわりの白い雲湧く

今何をしている人かわからないままに紛れるふるさとの街
ごろごろと転がる朝の蝉の死骸あれも一種の戦死なんだね
誰彼に別れを告げて花びらがくすぐる背筋あえて伸ばして

後記

この歌集は、前半と後半に分かれている。前半は、二〇〇一年から二〇〇八年までの短歌、後半は、二〇一九年から二〇二三年までの短歌を、それぞれ収めている。両者の間に、一〇年の空白がある。後半では、題詠の歌が多い。題詠には、日本語の体系と自らの経験の双方の、歌としての照応が必要とされる。その結果を左右するのは、私自身である。

二〇二四年六月一日

樋口淳一郎

初出

二〇〇一年から二〇〇八年
朝日新聞滋賀版
朝日新聞奈良版
読売新聞山口版
二〇一九年から二〇二三年
NHK短歌

個体　樋口淳一郎歌集

二〇二四年七月一日　初版発行

著　者　樋口　淳一郎

連絡先　携帯：090—3491—1341

E-mail：jh17890714@gmail.com

発行所　株式会社　美巧社

〒七六〇—〇〇六三

香川県高松市多賀町一—八—一〇

TEL　〇八七—八三三—五八一一

FAX　〇八七—八三五—七五七〇

印刷・製本　株式会社　美巧社

ISBN 978-4-86387-196-0 C0092